KB134597

아버지의 집

열린시학 기획시선 36
아버지의 집

초판 1쇄 발행일 · 2006년 6월 30일
초판 2쇄 발행일 · 2006년 8월 12일

지은이 | 오인태
펴낸이 | 노정자 · 정일근
펴낸곳 | 도서출판 고요아침

출판 등록 2002년 8월 1일 제 1-3094호
120-814 서울시 서대문구 북가좌동 328-2 동화빌라 101호
전화 | 302-3144, 3194~5
팩스 | 302-3198
e-mail | goyoachim@hanmail.net

ISBN 89-6039-012-7 (04810)

*이 시집은 2006년 한국문화예술위원회의 예술창작지원금을 받아 출간되었습니다.

열린시학 기획시선 36

아버지의 집

오인태 시집

고요아침

■시인의 말

예순을 넘기고 아버지는 고향 뒷산에 당신이 묻힐 자리를 골라 치표를 하셨다. 소나무와 장대넝쿨, 쇠뜨기가 무성한 거기,

마지막까지 그런 아버지의 호사스런 이기심이 못마땅했지만, 10여년 후, 나는 당신의 뜻을 받들 수밖에 없었는데, 아버지에 대한 내 평생 처음이자 마지막 순종이었다. 그 이후,

나는 애써 아버지를 잊었다. 내게 남겨진 세상은 여전히 홀로 넘어야 할 산이었고, 건너야 할 물이었다. 뒤돌아보지 않았다. 고개 숙이지도 않았다. 눈은 위로 치뜨고 두 주먹을 불끈 쥔 채, 앞만 보며 내달렸다. 그러다 아버지가 나를 낳은 바로 그 나이,

마흔 고개를 넘고서야 비로소 내 살아온 날들을 뒤돌아보게 되었다. 그리고 더불어 살아온 것들에 이마 맞대며 연민과 감사의 마음을 가질 수 있었다. 드넓은 하늘, 포근한 땅, 착한 풀과 꽃과 벌레들, 정겨운 사람들……, 그리고 아, 아버지가 여기 아직 꽃꽃이 살아 계신 것이었다.

이 시집을 아버지께 바친다. 별수 없이 나는 아버지의 아들이다.

2006년 여름, 남강변에서

오 인 태

차 례

제1부 착한 길

제2부 그 눈빛

제3부 사람의 거리

1부/ 착한 길

화간 和姦

미술시간, 아이들은 고무판을 새기고 바람 한 점 없는 날, 학교 뒤뜰 교재원의 나뭇잎들이 출렁대는 소리에 넌지시 나가 봤더니 박새 서너 마리가 나뭇가지를 흔들고 있는 것이었다

가만 보니, 요 박새란 놈들 무화과 열매를 쪼는 것이 아닌가 아직 푸른 나뭇잎에 숨은 작은 것들은 저게 잎인가 열매인가 싶은 초록 눈을 반짝이고, 꼭대기에 있는 것들은 제법 농익어 더러는 입을 딱 벌리고 있는데, 그 분홍빛 입에 날카로운 부리를 넣어 쉴 새 없이 쪼는 것이었다 저 모진 놈들, 돌멩이 하나를 휙 던져 서슴없이 날아간다

아뿔싸,
그게 아니다 멈추어라 멈추어라

편안한 불화

영산홍인지, 혹은 철쭉인지 이 겨울날에 웬 꽃이냐고 입방아들을 찧는데, 마른 잎 다 진 교정 곳곳에 한사코 꽃피는 사연을 함부로 떠들지 마라 봄날인들 어차피 나무의 꽃은 잎과 함께 하지 않았다 서성대며 마흔을 넘긴 생애도 대개 혼자였느니, 지금 저 완강하고도 오랜 불화가 나는 더없이 편안하여 적이 실눈을 하고 바라보고 있다 한 때, 아무런 인기척 없음을 확인하고서야 몰래 집을 찾아들던 때가 있었다 그러니 안심하라 꽃이여 지금은 잎의 기척 하나 없는 때, 피어 영락없는 된서리에 뚝뚝 진다한들

입춘 立春

훅, 후욱

바람이 더운 입김을 불어대자 나무의 귓불이 발그스름해졌다 녀석은 이 나무 저 나무, 닥치는 대로 건드려 온 숲의 신경이 일제히 곤두서는데, 쫑긋쫑긋

서는 저 붉은 꼭지들 좀 보시게

산수유

꽃,
그늘조차 따뜻하다

노오란 병아리
떼 몰리듯 하교하는
초등학교 저학년 아이들

뭐라 모를 쫑알거림
알아들었는지
까르르 자지러지는 햇살

봄,
길목이 환하다

양지꽃

진짜 예쁜 꽃은 저 혼자 뽐내는 것이 아니라 제 사는 세상을 눈부시게 하는 것이더군 아직 새싹 하나 돋지 않은 언덕이 왜 이리 환한지 다가가 가만히 들여다보면 거기 함께 사는 잔디들과 똑 같이 낮고, 작고, 노랗게

숨어 피어있는

오월

하늘엔 흰 구름
땅 위엔 보랏빛 구름
꽃, 자운영인가요

햇살 질펀한 무논엔 높은음자리표를 그리는 물뱀 한 마리, 요리조리 떼 지어 몰려다니는 새까만 음표들의 알 수 없는 노래, 그래도 가슴은 바람 든 풀섶 마냥 마구 일렁이는데,

어디로 가려는지
발 없는 개구리밥은
물 위에 동동

누가 저리도 그리운지
얼굴 없는 쑥국새는
온종일 훌쩍훌쩍

나뭇잎의 말

아직 이빨도 채 돋지 않은 나뭇잎의 입, 말 하나 '톡' 떨어져 저 큰 연못을 흔들어 놓는구나 소스라치게 놀라 흩어지는

송 사 리 떼

착한 길

풀은
풀끼리 서로 길을 막아서는 법이 없더라

주남저수지에는 가래, 마름, 가시연꽃, 노랑어리연꽃, 물옥잠, 자라풀, 생이가래……, 물의 천장을 덮고 있는 것들이 붕어마름, 물수세미, 검정말, 나사말……, 물속에 잠겨 보이지 않는 것들의 숨통을 선뜻 제 몸 비켜 열어주고 있더라

물 위에 나있는 저
착한 길들

오동꽃

분만을 끝낸 숲의 나무들이 일제히 흡반처럼 잎사귀를 뻗쳐 제 속을 채우는 이 무렵 까무러칠 듯 핀 오동나무 꽃 좀 보시게

절정 끝, 뼛속까지 비워내는 몸의 물씬한 단내, 먹먹해진 귓속으로 가야금인지 목탁 소리인지 아득히 들리는데

이를 어쩌나……, 나무관세음보살

공생
– 벌초를 하면서

살아 똥도 못쓰게 싸는 것들이 죽어서 썩기조차 불안해 단단한 곽을 쓰고, 제 몸에 돋은 풀 한 포기 용납 못해 이렇듯 싹둑싹둑 잘라버리는 일이 머쓱해서 깎다 만 봉분 돌아 슬쩍 엉덩이를 까는데, 정수리에 뜨거운 것이 '뚝' 떨어져 쳐다보니

아, 하필 죽은 밤나무 둥치 끝, 뿌리도 없이 무성한 장대넝쿨 푸른 잎, 거기

풀뿌리 하나가 바위를 움직이네

학교 쓰레기장 부근, 무표정하기만 하던 석벽이 어느 날 이빨을 다 드러내고 웃고 있는 것을 보았네

아, 흰 분꽃이든지 나팔꽃이든지, 언제 풀씨 하나 날아와 꽃 피웠는지

검은 바위가 환하게 자지러지는데

가시연

떠다니는 것들이 어찌 물의 속을 헤아리랴

그 깊은 밑바닥에 뿌리내린 그대의 생애는
한 순간도 수심을 거스른 적 없다는 걸 알고 있다
때로는 발꿈치 돋워 높게
때로는 무릎 꿇고 낮게 엎드리며

더러 부유하는 것들, 또는 위로만 제 몸을 키우는
것들의 철없는 유혹의 말은 흘려들을 일이었으나
물의 숨소리 한 낱에도 민감했을 그대의 귀는
섬섬히 열려 매운 가시가 되었으리니

그리하여 그대는 이미 물의 표정, 혹은
물의 화석, 그 잠기고 묻혀 알 수 없는 내막을
주름진 눈매를 통해 짐작할 뿐,
이상하다 나는 늘 물기에 젖어있는 그대

푸른 얼굴에서 왜 광물성 화기를 느끼는지
모를 일이다

빗금으로 쏟아지는 햇살에
펄펄 단련되어 물의 숨통마다 분화구 같은
파문을 낼 것 같은 청동악기
그 맑은

그래, 그대 물 하나를 흔드는* 득음을 하셨는가

*배한봉 시인의 시 「우포늪의 왁새」 중 '산 하나를 흔드는' 부분을 변주함

무화과를 열었다

제 몸이 뭉크러지면서도
끝내 품고 보여주지 않던

아, 눈도 채 뜨지 않은 개미
같은 이 수많은 꽃들
생명의 절박한 단내

미안하다 미안하다
무화과를 기어이 열었다

비 온 뒤

작은 것들은 작은 것들끼리 붙들고 산다 눈썹화단이라고 부르던가 사는 일 얼마나 아슬아슬하고 힘들었으면 다래끼 마냥 돋아있는 회양목, 서로 낮은 어깨 겯고도 뽑힐세라 둥근 똬리를 틀고 산다 여기, 의지할 곳이라고 목숨 걸어두고 사는 거미집 몇, 하얀 처마에 매달린 작은 액체들 또한 둥글다 떨어지지 않기 위한 이 안간힘의 결속,

둥근 우주가 눈부시다

우산이끼를 우러르다

저 고춧싹보다도 작은 것이
하늘 가릴 지붕 하나 받들어
제 한 생을 가뿐히 살아가고 있구나

두터운 숲을 뚫는 햇볕도
키 큰 나무의 목덜미를 후려치는 폭우도
저 우주 안을 감히 범접하진 못하리라

얼마나 낮추어 작아지면 내 생도
저처럼 온전히 받쳐 들 수 있으랴

발 아래 우산이끼를 우러르다

메밀꽃

세상을 밀어 올리는
기둥이 저리도 붉다
내가 서 있는
땅이 이리도 뜨겁다

나쁜 꽃

참외서리 들켜 혼비백산 내닫다
개골창에 처박혔을 때,
코밑에서 히죽히죽 웃고 있던
고것이 아마
연붉은 고마리꽃이었겠다

처음으로 중학동기생의 입술을 훔치고
현용수 마구 떨리는 소리를 엿듣던
그 봄날 달빛 가득하던 과수원
이제 막 망울을 터뜨리던 사과꽃,
배꽃이었던가?

유난히 젖가슴이 풍만했던 주인아주머니를
맘속 간음을 하고, 그럴 때마다 마구 찧고 싶은
후회와 부끄러움을 토해내던 자취방
뒤뜰, 빙그레 웃고 있던 부처님

머리통 같은 수국

대학에 붙고도 등록금이 없어 캄캄한
밤을 전전긍긍할 때
자꾸만 눈앞에 어른거리며 불의를 부추기던
어릴 적 동네 이장 집에만 피어
더운 김을 뿜어내던 이팝꽃

지금
낯 뜨거운 내 고해성사에도 귀를 쫑긋
세우고 있는 책상 앞 질항아리 속의
수련 흰 한 송이,
너

꽃,
이렇듯 공범, 또는 집요한 미행자

아웃!

아이들에게 축구나 피구를 시켜놓고
학교 운동장, 버즘나무나 느티나무
그 등에 하염없이 기대어 앉는 적이 있다
공 하나면 땡볕 속에서도
저희들끼리 잘도 노는 아이들
그럴 때면 햇빛의 흘깃대는 눈초리를
핑계 삼아 땅바닥에 낙서도 하다가
마냥 흘러가는 구름을 쳐다보기도 하는 것인데

언젠가도
그렇게 나무에 등기대어 앉아 있다가
문득, 등골이 서늘해서 돌아보니
나무가 온몸에 푸른 땀을 줄줄 흘리며
그늘을 길어 올리고 있는 것이었다
아, 거기 개미며 노린재며 풍뎅이들, 그
서늘한 시선, 무임승차하다 쫓겨나는 기분이랄까

얼른 그늘을 빠져나오고야 말았는데

하필, 그때
축구공이 날아와 엉거주춤한
내 뒤통수를 사정없이 때리는 것이었다
일순, '까르르……'
자지러짐 속에 누구인가

"아웃!"

금연禁煙을 결심함

지금 나는 옥상에 있다 시골 초등학교, 교목인 늙은 황금편백 두 그루가 금빛 양 날개를 펼친 그 사이 마치 새의 부리 마냥 국기게양대가 솟아있고, 그 펄럭이는 태극기 뒤에 숨어 네게 마지막 이별의 입맞춤을 한다 단연코, 이 순간처럼 너와 함께 했던 어언 삼십여 년의 생은 저 뭉게뭉게 구름처럼 황홀하고 달콤했지만, 이렇듯 오랜 꿈인 듯 생이별 또한 찢어지게 감미로우리라 마침내, 한 번도 날지 못했던 날개를 뚝 분질러 꺾고 휘청대며,

나는 지금 옥상을 내려오고 있다

상강 아침

독수공방, 문을
열어보니

노란 햇살이 마른 옥수숫대의 옆구리를 휘감고 있다

그제야 잊은 듯 이불에 손을 넣다
말고 나는 바깥의 저 햇살과 옥수수가 잠시 부러운
이 무렵,

참 오랫동안 혼자 덮어온
고단한 껍질을 걸어두고

뱀들은 이제 달콤한 영면에 들었으리

아직 벗어버리지 못한
내 생애는 가닥가닥 이렇듯 하얗게 보풀이 일어서리

우포늪 부근에서 일박

우포늪, 지금은 겨울밤 세상의 새 한 마리 칭얼대지 않는 다 추위 속을 동동거리며 귀가한 마지막 발길을 거두고 문을 닫는 일처럼 물도 바람을 막아 얼음장 치는 소리 들리나니, 저 속에서 오늘밤 가물치며 메기며 떡붕어며 황소개구리 또한 편안한 잠을 누릴 것인가

어김없이 저기 저 검은 물 건너 사람의 마을 집들도 추운 어깨 겯고 빤히 불을 켰구나 이렇듯, 늘 깊은 죽음 가장 가까이 살아있는 아슬아슬한 밤을 안도한다 그래도 영 잠들지 못하고 몸 뒤척이는 우포늪 저 갈대 같은 한 사십대 사내의 생애, 더 이상 구구히 묻지 않으리라

2부/ 그 눈빛

산 그림자

산은 제 그림자를 보이지 않는다
그 그림자를 보았다는 사람,
구름의 그림자를 보았을 뿐이리라

산은 제 억장을 천근만근 누르는 바위벽의
그림자에 매달린 낙락장송 한 그루
비틀린 그림자가 굽어보는 흰 폭포의 깊디깊은 음영
속에 흔들리는 잔가지 많은 물푸레나무
그림자의 발바닥을 간질이는 송사리떼의
잠긴 그림자까지 모두
제 가슴에 꼭꼭 묻어 두더니

단 한번 나는 보았다
깊은 장롱 속의 수의를 꺼내듯
검은 그림자를 풀어놓고 넋을 잃던

그때, 또 다른 산 하나가 무너지던 날

겨울산은

저처럼 등이 하얗게 휘어져도
그 무게를 다 버티고서

내색 한 번 한 적 없지만
어찌 사는 일에 한숨 내쉴 일 없으랴

이따금
산새 몇 마리 정적을 흔들며 날아오르고

놀란
눈가루 어지러이 흩날리는 때도 있지만

그마저
그의 깊은 가슴속의 일이라네

해거름 속
무거운 지겟짐을 지고 돌아오시던

아버지의 집

한 때,
아버지는 목욕탕 보일러공이었다

쉰 나이 넘어 논 팔고 집 팔아 이농을 하고
이 공장 저 공사판 떠돌다가
아버지는 예순 넘어 하필 남의 집 아궁이에
남은 생애의 집을 지었다

나이보다 팽팽한 얼굴에 통통한 몸집의
목욕탕 주인 과부는
걸핏하면 그 위태하기 짝이 없는
아버지의 집을 흔들어댔지만,

그래도 이만한 데가 없다며
아버지는 한사코
부들부들 떨리던 부지깽이와

부삽을 내려놓지 못했다
그런 밤엔 목욕탕 문간 옆 단칸방,
아버지의 집에는 송진 타는 냄새가 끓어올랐다
때로는 폐타이어 역한 냄새도 섞여
앙등을 하는 것이었는데,

교대를 졸업하고도 선생이 되지 못한 채
빌붙어 아버지의 청자 담배나 몰래
축내던 때, 나는 단 한 번도 그 집을
우리집이라 부르지 않았다

마침내
초등학교교사로 정식발령을 받고
이후 아버지도, 집도
까마득히 잊어버렸던 것이었는데,
그 세월 동안 남의 아궁이 앞에서

아버지는 가슴속에 얼마나 많은 집을 짓고*,
또 태우셨을 것인가
모른다

위로 누나 넷을 낳고 늦게 장남을 본, 그
마흔 나이를 넘어오는 동안
아버지도 가고, 아버지의 집도 재가 되어
하얗게 사라진 줄 알았는데

이렇듯
나는 오래전에 아버지 대신
버젓이 주민등록상의 호주가 되어
새 집에 살고 있는데

도대체 내 가슴에 아궁이처럼 시커멓게 입을 벌리고 있는
이 집은?

*김명남의 「농부의 명함」 중 일부분 인용

몽돌해수욕장, 학동에서

벌써,
마흔 생애를 내가 살았다니
꼭 이 나이에 아버지는 장남인 나를 보셨고
어머니는 내 스물여섯에 세상을 뜨셨다
훌쩍,
이후 나는 천애의 고아 뿌리 없이 떠돌다
끝내 오늘밤은 이 바람찬 바다에 들어
듣는다 그때처럼
귀를 쫑긋 모으고
밤새 어머니가 키로 콩을 가리던
그 소리

자륵 자륵 자르륵……,

젊은 날, 마냥 떠돌던 아버지
없는 밤을 저 몽돌처럼

어머니는 뜨거운 몸 뒤척이셨구나
지금
내 머리맡의 바다는
아버지도, 어머니도 가고
없는 한 고아의 밤을 이렇듯 마구 흔들어대는데,
자꾸만 눈에 밟히네
낮에 본
정말 붉었던, 그
찔레꽃

부론*의 시詩

제각기 흘러오던 물길이 합류하여 한 줄기를 이루는 지점에 섰나니 부론, 멀고도 험한 길을 홀로 내달리며 벼리고 벼린 전의를 쉬 꺾지 않을 법한데,

이렇듯 한순간 유순해지며 하나가 되는 이치를 보아하니 막무가내의 관성으로 맞부딪쳐 한사코 밀어내는 것이 아니라 몸을 낮춰 서로의 몸 안으로 기꺼이 들어가는 것이었네 마치 오랜 연인의 정사처럼 익숙하게 두 몸이 섞이는 순간, 어떤 날카로운 긴장이나 동요도 없이 마침내 감쪽같은 강 하나가 산을 안고 태연히 흘러가는 것인데,

하필 여기 깊고 고요한 부론에 들어 나는 물속에 잠긴 찢어진 돛, 혹은 도포자락 같은 흰 산 그림자를 오래도록 내려다보고 있는 것인데

*부론富論은 강원도의 섬강과 충청도의 남한강이 만나는 지점에 위치한다. 고려시대 조창漕倉인 흥원창이 있던 곳으로 벼슬아치들이 여기서 나라의 부富를 논論한 데서 유래했다는 설이 있다.

예쁜 손

일산에서 손 시인과 동태찌개로 더운 점심밥을 먹으면서, 미안했다 용인에 있는 정 시인의 병문안을 가는 길이었으니, 뇌종양을 앓고 있는 그는 지금쯤 이승의 남은 밥그릇을 어림하고 있을지 모를 일이다 아플 때는 밥이라도 잘 먹어야한다며 그 목 멜 밥숟가락에 간간한 밥반찬이라도 얹어주자는 손 시인의 말에 소래포구로 차를 돌린 것이었는데, 그날따라 하늘과 땅의, 바다와 뭍의 경계를 지우며 허연 눈발이 흩날렸다 우왕좌왕

삶과 죽음의 경계 또한 이렇듯 모호하고도 불안한 것이리라 한참 길을 헤매다 찾아든 소래포구, 마른 갈대들이 갈피를 못 잡고 종종거리고 있었지만 여기저기, 헤진 깃발들은 길을 알려주지 못하고 있다 미친 듯이 바람은 향방을 잃은 채 나부대고, 겁도 없이 대열의 앞장에서 손을 치켜들던 내 이십대, 이은 삼십대조차 두렵고 부끄러웠던지, 아, 눈을 돌린 저기 폐염전 위의 소금창고 몇은 건재하다 여전

히 소금을 쌓듯 혁명을 꿈꾸는가 눈발은 필름 끊긴 영화 스크린의 잔광처럼 번득이는데, 아무렴

살아야한다 목이 메더라도
새우젓이며 어리굴젓이며 오징어젓갈을
꾸역꾸역 담고 있는 저
예쁜 손들

희망사

이십 년이 넘어 거길 다시 찾아갔을 때,
교생실습을 하며 자주 담배를 사러 나섰던
때론 '새우깡'이나 '초코파이' 아마 그런 과자봉지들이
둥근 플라타너스 잎들과 함께 까르르
까르르 구르기도 했던 그 초등학교 교문통,
함석판에 페인트 글씨로 '문구 잡화 희망사'라고 쓴
구겨진 간판을 단 채
아, 아직 거기 희망사가 있었다

덜컹거리는 베니어 목재 문을 열고 들어서자
"젊은 놈이 먼 담배를 그리 많이 피노?"
하시던, 그땐 육순쯤이었을
팔순의 할머니가 방에 앉아 긴 담뱃대를 물고 있다
한참동안 그 모습 흘깃거리며
먼지 뽀얗게 둘러쓴 잡화와 문구들을 만지작거리는데
"야, 이놈아, 얼릉 담배 사고 문 닫어"

놀라 담배 한 갑을 사서

희망사, 그 찌그러진 문을 닫고 나선 것이었는데

김씨의 봄날

봄날이 간다 지난 여름에도 가고, 가을 한 때에도 갔던 김씨의 봄날이 이 겨울날, 철없이 불려와 또 이렇게 가고 있는 중이다 벌써 대여섯 해 되었다던가 꽃이 피면 같이 웃고 꽃이 지면 같이 울자던 알뜰한 그 맹세, 십 년도 채 못 지키고 그의 연분홍치마는 눈망울 새까만 자식 둘마저 내던진 채 어느 산제비 같은 놈을 따라 역마차를 탔다는데,

웃고름 대신 허구헌날
때 절은 물방울무늬 넥타이를 씹어가며
봄날을 불러, 보내는 김씨의 생은
오늘 아침에도 중성세제, 그 건드리면
건드릴수록 일어서는 거품처럼 부글거렸으리라

남들은 뽕도 따고 님도 본다는데, 뽕도 잃고 님도 잃은 전직교사, 지금은 그의 연분홍치마를 대신하여 보험설계사가 된 김씨, 마른하늘 벼락처럼 뒤집어쓴 흙탕물 씻을 길은

아직 멀고, 이렇듯 나는 또 하릴없이 그의 삐걱거리는 노래에 맞춰 청노새 방울 대신 속없는 탬버린이나 짤랑대어주지만, 내내 울퉁불퉁 자갈길을 엎어질듯 달려가는 그의 생에 그만 실없어져 더 이상 이 얄궂은 운명의 박자를 맞춰줄 수가 없다 술이나 마시자

김씨, 그의 어깨가 아닌 봄날 꽃잎처럼 무너진다

그 눈빛

어느 무명가수의 라이브콘서트가 끝난 밤 명동성당 앞 호프집에 예닐곱 명의 시인들이 둘러앉아 술을 마셨다 K시인은 여기가 그 유명한 '세월이 가면' 이라는 술집이 있던 건물이라고 소개하며 옛날 이 건물 1층에는 다방이 있었고, 지금 이 자리가 바로 시인들의 창작실을 겸한 술집이었다는데, 기억 저쪽의 일은 알 바 없어 내 눈은 자꾸만 창밖을 향했다 누구인가 빤히 이쪽을 들여다보고 있는 저 눈빛

그해 여름
명동성당 앞 언덕길
'전교조 사수' '징계 철회'가 적힌 플래카드를 앞세우고
최루탄에 맞서 짱돌도 던지다가
팔로 두릅을 엮은 채 맨바닥에 드러누워
바락바락 악을 써대기도 했었다

우리는 마른 한치와 골뱅이 무침을 안주로 시켜놓고 미뤄진 남북작가대회를 얘기하다가, 말라비틀어진 정치를 얘기하다가, 뻥 맞은 시와 평론을 얘기하다가, 키득키득 웃으며 연애가 아닌 여자를 얘기하기도 했다 아직도 거두어가지 않은 저 섬뜩한 눈빛, 누구인가

자고 나면 수십 명씩 목 잘려 내걸리는 이름들
우리들의 몸은 점점 비어갔다
투명한 몸들에선 쇳소리가 났다
텅텅 비운 몸이 무기가 될 수 있음을 그때 처음 알았다
더운 여름, 푸른 몸들의 서늘한 광채
그 무기가 겨냥한 세상의 끝은 어디였는가
끝내

우리는 다리 꼰 여가수의 섹시함을 얘기했다 그래도 도대체가 무덤덤하기 짝이 없는 맥주거품에 양주를 쏟아 부

었다 십중팔구 둥근 빵모자에 파이프담배를 꼬나물었을 시인들의 창작실이었다는 그 술집에서 우리는 세월이 지나고, 또 한 세월이 더 지난 때의 정치와 민족과 문학과 연애를 오랫동안 얘기하다 뽕 맞은 시대의 시인들답게 헤롱거리며 술집을 나섰는데, 없다 내내 나를 쏘아보던 그 눈빛

명동성당 앞 언덕길 늘어선 네온 불빛 속으로 검은 빗방울이 막 지기 시작했다

단풍

씨—부랄, 미치고 환장허겄네
씨—부랄, 가슴엔 요로코롬 천불이 나는디
씨—부랄, 오데 확 싸질러부릴 데가 있어야제

지난 여름휴가 무렵이었지
마흔 나이 넘도록 제 집 문지방보다
더 뻔질나게 드나들었을 건설회사를 쫓겨 나와
이십 칠 년 만에 만난 중학교 동창생 앞에서
이날껏 남의 땅이나 팠을 포크레인 같은
그 손으로 죽어라 죽어라 제 가슴을 쳐대던
그 친구, 마른침에 섞여 숨 마디마다 어김없이
튀어나오던 씨버럴인지 씨버얼인지를
굳이 씨—부랄 씨—부랄 씨—부랄로 고쳐들으며
그래, 그것만은 버리지 말기를 바랐는데
그 붉은 걸음 내달아 산으로 갔나 끝내

아니지?

과학자와 시인

얼마 전에 마산의 이선관 시인이 돌아가셨다
마산의료원에 차려진 그의 빈소에는
조문객의 발길이 끊이지 않았는데
원로시인 한 분이 뼈 있는 농담을 하셨다
"정승 집 개가 죽은 것이 아니라,
정승이 죽은 격인데 사람들이 들끓는 걸 보니
선관이가 세상을 잘 살긴 잘 살았나보다"

도대체 누굴 위한 일일까
국회의원, 장관, 도지사……,
생전 시인의 출판기념회에는
코빼기도 비치지 않던 이들이 보낸
대형 조화를 훑어보며 잠시 이런 생각을 하다가
살아서는 따뜻한 밥 한 그릇, 술 한 잔 올리지 못하고
이제야 슬픈 눈빛을 지으며 우루루 몰려와서는
목을 조아리는 일, 또한 낯 뜨거운 일이긴 마찬가지다 싶어

슬그머니 빠져나와 몇몇이 마산역부근 통닭집에서
늦은 저녁식사 삼아 맥주를 마시는데
누군가 시인의 시를 읊조렸다
"……, 툭 하면 병원을 들락거리는 언제 죽을지 모르는
놈이라고 입방아를 찧고 찧고 또 찧고 야 이 놈들아 나
이선관은 불사조다"*

이 무렵,
시인과 같은 불치병 환자들을 볼모로
여인들의 난자를 저당 잡혀
세계를 상대로 희대의 사기를 친
대한민국의 영웅적인 한 과학자를
안주 삼아 씹기도 하다가
믿어지지 않았다
이 과학자의 황당하기조차 한
사기극이 믿기지 않는 것이 아니라

(원래 과학이란 한시적인 진리일 뿐이니까)
평생을 장애로 살았지만
정신 하나만은 누구보다 곧고 맑아서
길 가는 개한테조차 거짓말 한 번 하지 않았을
시인의 죽음이 또한 믿기지 않는 것이 아니라

시인은 죽었어도
시인의 시는 이렇듯 불사조처럼 살아서
한 순간 사람들의 따뜻한 밥이 되고 술이 되는
이 꿈같은 사실이 믿어지지 않는 것이었다
그러고 보니 시인이야말로
완벽한 사기꾼인가 아닌가, 허허

허허……허……ㅎ……ㅎㅎ……ㅎㅎ……
이빨 빠진 이선관 시인의 웃음이 자꾸만
귓전을 맴도는 것이었는데

*이선관 시인의 「나 이선관」 일부

그녀의 주기도문

하늘에 계신 내 아버지
아버지의 이름이 더 이상 거룩하여지게 하실 것도 없이
거룩하고 거룩해서 더 거룩해질 것이 없으며
아버지의 나라가 오게 하실 것도 없이
이 나라는 애시당초 아버지의 나라이시며
아버지의 뜻이 하늘과 땅에서 모두 이루어진 것과 같이
이제 제 뜻이 아버지의 나라에서 이루어지게 하소서
오늘 우리가 일용하고 있는 양식이 대개 아버지에게서 나온 것이라 믿사오며
그럼에도 걸핏하면 아버지의 위업과 아버지 나라의 정체성을 뒤흔드는
저 사악하고 배은망덕한 무리들을
절대 용서하지 마시고
단 한 순간이라도 우리를 빨갱이들의 유혹에 빠지지 말게 하시고
다만, 민주니 개혁이니 통일이니 하는 이 개뼉다구 같은

악에서 우리를 구하소서
이 나라의 권능과 영광이
영원히 아버지의 것이옵니다
초—옹성!

— 탕, 탕, (탕)

상족암* 에서

발자국은 절벽에서 홀연히 끊겼다

그 순간, 깊은 울음을 내지르며 그이의 눈은 천길 만길 아득한 저 바다를 내려다보았을까 아니면 겁에 질린 눈으로 붉었을 하늘을 쳐다보았을까 여리고 지순한 진흙 같은 가슴에 날카로운 발자국을 찍어대며 무거운 생의 사변 하나 지나갔음이야 또한 추측할 뿐이다

잊어버려라 잊어버려라 속 모르는 파도는 끊임없이 세상의 가볍디가벼운 사랑을 속삭이며 위로하려들지만, 정작 그 긴 세월 바위가 되도록 부릅뜬 눈을 감을 수 없는 이유는 이렇듯 가슴에 깊이 팬 상처가 아파서가 아니라 어디론가 쫓기듯 사라지던 그이의 뒷모습이 못내 눈에 밟혀서이리라 느닷없이 찾아와서 한 번도 허락한 적 없는 순결한 몸에 불도장 같은 뜨거운 사랑의 흔적을 남기고 현용수도 채 멎기 전에 표연히 사라진,

아, 내 처음이자 마지막 사랑도 그렇게 왔다 갔다

더 이상 묻지 않기로 하자 다만, 그 퀭한 바위의 눈들이 내내 서늘해서 말이다

*상족암 : 경남 고성의 공룡발자국 화석이 남아있는 바위 해변

새의 화석에 새가 없는 이유

뒤벼리*, 빗장을 열고
새 한 마리 빠져 날아가더라니, 훌쩍

사랑한다는 건,
이렇듯 스스로 가슴속에 감옥을 지어
슬픔이든지 그리움이든지
멀쩡한 얼굴 하나 가두는 일
언제 날아가 버릴지도 모를

여기에 와서
내 비록 사람의 갈비뼈가 왜 숭숭한지 알지라도
그 새,
또 한 사람
대책 없이 캄캄한 가슴에 묻으며
천 년 만 년

층진 이 암벽의 흔적 하나를 가만히 쓰다듬어보는 것인
데

*뒤벼리 : 진주 남강변에 있는 퇴적단층을 끼고 도는 길의 지명. 이 길을 연인끼리 걸으면 헤어진다는 속설이 있다.

옛 사진을 보다

다신 네게 손 벌리지 않으리라
마침내 벼린 칼 하나 가슴에 품어
숨어 들어갔던 생면부지의 섬
한 치 여지도 없는 등 뒤엔
푸른 혓바닥들이 기어코 한 사내의
종적을 삼키려 날름거리고
노란 유채들은 종종걸음으로
작은 어깨들을 모으고 있는데

한 순간, 모든 개연성을 깨어버린
이 터무니없는 파안대소
또 한 번 너를 속이고
시를 쓴답시고, 그 후로도 십 년이 넘게
이렇듯 멀쩡하게 살아
하루도 세상에 손 벌리지 않은 날이 없는
비겁한 사내 앞에 불쑥 날아든
이 해묵은 빚 문서 한 장

미조[*]포구

물은 낮은 데로 흐르고
사람의 마음은 따뜻한 곳으로
고여 듦을 알겠네 미조포구
여기에는 사람뿐만 아니라
새섬, 범섬, 매섬, 뱀섬……,
그 올망졸망한 섬들과
바다를 떠돌던 고단한 배들
또한 제 집 들듯 찾아와
마음을 풀어놓고
밤이면 불빛 환하니
참 따뜻해라 거기,

미륵이 아직 머물러 계시더라

*미조(彌助)는 미륵이 금산에서 세존도로 건널 때 이를 도와줬다는 데서 유래했다는 남해군의 지명

고물야적장에 애기똥풀이 있다 1

누구나 한때는 세상에 빛나던 존재였다 그렇게 반짝임에 익숙한 자리에서 어느 순간 누군가 내 손과 발을 막무가내로 풀고 떼어 여기까지 끌고 와서부터 빛은 날카로운 비수를 들이댈 뿐, 더 이상 내 안의 체온을 데워주지 않았다 세상의 모든 살아있는 것들이 달콤한 잠에 빠져있을 때

"네 흔적조차 지워버리고 말겠어"

얼음보다 더 차갑게 젖어드는 이슬은 내 몸의 삭은 뼈를 녹이고 캄캄한 어둠은 흩날리는 방향마저 잃은 몇 오라기 성긴 머리털까지 뽑아버리려 하지만, 정작 견딜 수 없는 건 자리를 잃은 존재의 이 어색함 안에서부터 흔들리는, 찔끔거리는, 반짝이는, 가물거리는 저기

노란 별빛 점점

고물야적장에 애기똥풀이 있다 2

상처,
늘 가까이에 애기똥풀이 있지
잠시 쌓여 존재하던 것들
허리춤이, 또는 멱살이
잡힌 채 또 어디론가 끌려간다
서로 부대낄 때마다
소리 없이 상처 돋는 소리
이렇듯
내게 상처를 주는 것들,
받는 것들 또한
가까이에 있는 법이지
문득, 섬뜩해지는
목의 안부를 더듬어 묻는다
아, 오늘은 살아있다
그래서 미안하다
누구에게든지

인사동에서 잠시 밥숟가락을 멈추다

오, 저 풀씨 같은

이 늦은 아침 인사동 여관을 나와 밥집에서 만두국 한 그릇을 시켜놓고 나는 지금 그런 생각을 하고 있다

사람들의 집에는 밤새 이슬처럼 무거운 시간이 내려 속속들이 젖어들었으리라 햇볕이 나자 금세 깃털을 말린 풀씨들은 눈가루보다 더 가볍게 여기로 날아와 바랜 한지책 갈피를 기웃거리기도 하다가, 오뎅 국물을 홀짝거리기도 하다가, 더러는 아슬아슬한 검은 피부의 팔짱에 매달려 까불거리기도 하나니

또한, 나는 이 동서고금의 아득한 혼란 속에 넋을 잃고 밥숟가락을 멈춰 들고 있는데 어디선가

훅……,
잠시였다

시가 내게 왔다*

한 번도 시를 쓴 일 없다
시가 내게 왔다 늘
세상의 말은 실없다
하여 다 놓아버리고 토씨 하나
마저 죽여, 마침내
말의 무덤 같이 허망한 적요
위에 파르르 떤 달
빛같이 내려서
시인의 몸 안에 들어와서
짖어오는 것이다.
거부할 수 없이
시가 내게 왔다

*파블로네루다의 '시 詩'에서 인용

3부/ 사람의 거리

짝

오른발을 다쳐 깁스를 했는데
왼발이 더 아프다

느닷없이 기우뚱거리는 이
일상의 난감한 무게를 저 혼자 온전히 받치고 버티며
밤마다 펄펄 끓는 신음을 토하는
왼발의 이불깃을 몰래 끌어 덮어주던
오른발은

결국 제 몸의 안식을 서둘러 풀고 말았다

어느 봄날, 퇴근 무렵

지금 꽃잎 내리고 있겠네 신안동 진주교대 미술관 앞 벚나무 꽃눈마다 맺혀있을 수많은 시선, 그만큼의 사연들 분분히 나부껴 쌓여가겠네 영문 모를 그리움 늘 고음과 저음을 오르내리던 건반처럼 가슴 뛰던 여학생 기숙사 계단 밑 음악관, 붕붕 벌떼소리 같기도 하고, 때로는 두런두런 대숲을 흔드는 바람소리 같기도 했던 풍금소리 또한 아련히 흘러나와 이즈음 자목련이 쫑긋 귀 열어 듣고 있겠네 그 꽃그늘 아래에서 누군가 시를 쓰고 있는지, 혹은 편지라도 적고 있는지 오, 그때 첫사랑의 가누기 어려웠던 설렘 같이 전해오네 가슴에, 이십 년의 세월 속을 날아왔을 홍조 띤 꽃잎 하나 살포시 내려앉는

이 봄날의 퇴근 무렵

묘향산 바람방울

하, 바람방울이라니
방울이 된, 바람이든지,
바람에 흔들리는, 방울이든지
묘향산엔 바람방울이 있었네

보현사 대웅전 앞마당
8각13층탑 옥개석 추녀마다 맺힌 바람
방울,
실오라기 같은 산들바람에도 운다는, 그

이후,
내 몸 곳곳에 도꼬마리열매처럼 붙어와
바람 없는 날에도 '뎅' '뎅' '뎅'
울어대는데

매미소리

도심에서도 매미가 우는구나 어디 몹쓸 곳에서 묻혀온 환청인가
아니면, 먼 바람결에도 열리는 내 귀의 선천성 민감증?

아니다 여자가 울고 있다
분명하다
사랑이 지겨워서 운다는 그 여자

오늘 아침 '밑줄 긋는 남자'를 다 읽고 면봉으로 귀를 후비며
게으르게 키득거렸다는 ─한때─ 여류시인의 글에서 매미소리 느닷없이 듣는다

지독하게 지겨운 것이
때로는 이렇듯 신선할 줄이야

봄, 부치지 못한 편지

예감했던 것일까 지난 겨울 끝자락
꽃을 시샘하는 눈발 별스레 성성하더니
이 봄까지 막무가내로 내리는 비가
우울한 것이 아니라 비 온 뒤
곳곳에 패어 있는 웅덩이를 보는
일이야말로 슬프지 그 웅덩이
꽃잎이라도 몇 장 떨어져
파리하게 떠다닌다면 오, 친구여
지금 나는 비보다 더 무겁게 가슴을
적셔 오는 슬픔을 도무지 말릴 수 없어
작은 짐승처럼 몸을 떨고 있다네
오늘도 속수무책으로 쏟아지는
잔인한 빗발, 바그다드의 가슴에 팰
그 깊고 많은 웅덩이는?
쟁쟁하네 소녀 샬롯 앨더브란의 절규
"여러분은 내 모습을 떠올려야 합니다"

지금 이라크, 그 깊고 맑은 눈동자들 속으로
떠다닐 수많은 꽃잎 어찌할거나
아니면 그들 또한 이미 꽃잎이 되었을지도 모를
이 야만의 봄에 이렇게 시를 쓴다는 것,
얼마나 부질없는 짓인가
이만 접어야겠네

나도 잠시 떨어진 꽃잎처럼

황사 속에서

바그다드엔 화염이 꽃처럼 피고
한반도엔 화염처럼 꽃이 피었다

분노로, 부끄러움으로
혹은 공포에 질려
붉은 꽃, 분홍 꽃, 흰 꽃들이
사방에서 펑펑 터져 올랐다

환장한 사막의 모래바람
속수무책의 황사 속으로
찢어진 꽃잎 어지러이 날리고
세상의 마지막 낙타 한 마리
검은 그림자를 끌고
쓸쓸히 사라져갔다 그렇게
봄날, 지고
캄캄한 하늘 곳곳엔

낯선 짐승의 번득이는 눈빛
별들이 섬뜩했다

사람의 거리

—남북작가대회 연기 통지를 받고

몇 날의 잠을 훔쳐가던 비, 그치고 지금 나는 오래 잊은 일이 생각난 듯, 갯벌 같이 캄캄한 하늘을 뒤적여 몇 날의 별을 찾아 내 방 창문에 걸어놓고서야 망연히 바라보고 있다네

별들은 마치 은박지 모빌처럼 바람에 몸을 건들거리며 저희들끼리 은근슬쩍 볼을 부비기도 하고, 곁눈질하며 입맞춤하기도 하거늘,

저 수 억 광년 사이의 별들도 이렇듯 눈짓하여 부르면 한 순간에 지척인데 별보다도 먼 사람의 거리, 손끝 하나 닿지 못하는 이 막막함 속으로 풀벌레들은 왜 저리 목을 놓고 울어대는지

세상의 화음 和音

음악시간에 노래 부를 때마다 꼭 한 박자씩 늦는 아이가 있었는데,

아(아)침(침)이(이)슬(슬)몰(몰)래(래)촉(촉)촉(촉)내(내)려(려)……,
랄(랄)라(라)라(라)랄(랄)라(라)라(라)랄(랄)라(라)라(라)랄(랄)라(라)

처음엔 귀에 거슬려 타박을 주다가 다음 악절을 이렇게 듣고서야

랄랄라라라라랄랄라라라라랄랄라라라라라라

모든 괄호가 사라지며 팔분음표가 십육분음표로 십육분음표가 삼십이분음표로 분박되어 대번에 유쾌해지고, 환해지는

이렇게 세상이 아름다운 것은

다시 봄이 오고
이렇게 숲이 눈부신 것은
파릇파릇 새잎이 눈뜨기 때문이지
저렇듯 언덕이 듬직한 것은
쑥쑥 새싹들이 키 커가기 때문이지

다시 봄이 오고
이렇게 도랑물이 생기를 찾는 것은
갓 깨어난 올챙이 송사리들이
졸래졸래 물속에 놀고 있기 때문이지
저렇듯 농삿집 뜨락이 따뜻한 것은
갓 태어난 송아지, 강아지들이
올망졸망 봄볕에 몸 부비고 있기 때문이지

다시 봄이 오고
이렇게 세상이 아름다운 것은

새잎 같은 너희들이 있기 때문이지
새싹 같은 너희들이 있기 때문이지

다시 오월이 찾아오고
이렇게 세상이 사랑스러운 것은
올챙이 같은, 송사리 같은 너희들이 있기 때문이지
송아지 같은, 강아지 같은 너희들이 있기 때문이지

얼굴 없는 얼굴
—김선일의 주검 앞에

네 어린 날 착한 머리맡을
적시며 넘쳐나던 바다,
그 바다에 잠겨 너는 꿈꾸었겠다

황금빛 낙타의 손을 잡고
옛 궁전을 찾아가는 천일 밤 동안
나는 달디단 아라비안나이트를 읽으리라

그러나 채 낙타를 만나기도 전에
아랍의 사막은 네 작은 몸을 덮쳐버리고
말았다 속내를 알 수 없는 캄캄한 미궁
그 시간, 먼 별빛조차 사라진 네 고향 하늘엔
어린 날 너를 사정없이 때리던 바닷물처럼
비가 쏟아졌다 막무가내의
빗속에서 떨고 있는 너를 보았다
죽지만 말아다오

죽이지만 말아다오
절규하는 네 등 뒤엔 낯을 가린
알 수 없는 얼굴들이 버텨 서있었다
그들은 누구인가 살려달라고 애원하는
네 목덜미에 끝내 사막의 바람보다
더 날카로운 비수를 꽂아버린
그들은 도대체 누구인가

네 짧은 생애에 꽃 한 송이 건넨 적 없고
네 황금빛 꿈에 향료 한 방울 보태주지 못한
고향은 먼 먼 길을 얼굴 없이 돌아온 네게
목 축일 마지막 술 한 잔조차 건넬 수 없어
차마 이렇게 치켜들 수 없는 뜨거운 목을 놓고,

린디 잉글랜드 일병에게

스물한 살 당신의
하얀 손가락 그 철없는
총짓이 겨냥한 거기가
어디냐 사람을 낳는 사람의
위대한 생식기였다 순결한
아랍의 자궁이었다 그리하여
당신들의 그 뻔뻔한 웃음
뒤에 감춰진 음모는 아랍에 대한
사람을 향한 막무가내의
살의였을 뿐이다 그 순간,
그 많은 적의의 순간들마다
빤히 눈뜨고 있었을 당신의 뱃속
아이 뿐이 아니다 세상의
모든 사람들은 보았다

그 긴 목에 개목걸이를 무겁게

늘어뜨린 아랍 사내가 개가 아니라
사람에게 개의 목걸이를 채운
당신들이 개였다 당신들의 등 뒤에서
당신들의 목을 더 견고한 쇠목걸이로
묶어놓고 웃고 있는 당신들의 제국,
당신들은 그 끝을 알 수 없는 사막에
풀어놓은 한 떼의 개일 뿐이다 이미
수많은 린디 잉글랜드 일병이여
그러나 당신들은 알지 못한다
낙타는 사막을 건너도
개는 사막을 건너지 못함을
아부 그라이브 감옥이여
엄연한 당신들의 미래여

하늘로 간 숭어

얘야,
우리는 하늘로 간다

한 어머니가
세 아이를 제 가슴에 안고
아파트에서 몸을 날리던 그 시간,
안면도 바다에서는 숭어 한 마리가
하늘로 날아올랐다
지상의 어느 한 곳 안심할 수 없는
알을 제 배에 품고

한 순간
섬광 같은 은빛 솟구침이 있었을 뿐
다시 바다에 내리는 것을
분명히 보지 못했다
숭어가

얘야,

우리는 하늘로 간다

정동진

굳이 여름날엔 오전 다섯 시
아니면 오후 여섯시쯤이 좋겠다

아직 남아있는 햇살
부서진 세월을 회유하든, 수작부리든
바다의 섬뜩한 지느러미를 볼 수 있는
그 무렵, 밀려오는 사람들에 익숙한
애늙은이 소나무 몇, 등 굽은
그림자를 내려 깔고 손을 벌려도
잠시 못 본체 바다만 보자

등 뒤로 투덜투덜
투덜거리며 기차가 몇 번 지나갈 것이다

그새에도 시계탑의 모래는
하얗게 시간을 쌓으며,

어느 한 세월의 기억을 덮으며
떨어지고, 유리상자 속에 신기루처럼
갑작스런 누각 하나 또 세운들, 모래에서
기다리는 고래는 끝내 오지 않으리라
정동진,

그 시간쯤, 마침내 바다에
깊고 푸른 그림자를 버리고
해변을 따라 뉘엿뉘엿 사라지고 있는 한
사람,
사랑이라 해도 좋겠다

다시 청어를 그리워함

청청 청어 엮자
위도 군산 청어 엮자*

위도 바다엔 청어가 있었다

잃어버린 노래를 찾아, 혹은 파시波市를 좇아 떼배 타고 오셨나 마침내 아스팔트 위로 올라온 푸른 청어떼, 사람들이 있었다

스스로 두름을 엮고 촛불을 밝혀 오, 저 어둠 속에 빛나는 하얀 청어떼

미친바람 때문이었다
그리하여 이 험한 지상

때 아닌 모래먼지 사납게 일고, 돌멩이가 날고, 곤봉이 날아들고, 방패가 내리찍고, 촛불이 꺼지고 어둠 속 수 천

수 만개의 포자가 터진 듯 쏴한 갯비린내, 피비린내……,
이어

— 번쩍 —

무엇이었을까 눈치 챌 겨를도 없이
사람들이 사라졌다 다시

위도 바다엔 청어가 없다

*전래동요 '청어 엮자'의 한 구절

라면 같은 시

꼬이지 않으면 라면이 아니다? 그럼, 꼬인 날이 더 많았던 내 살아온 날들도 라면 같은 것이냐 삶도 라면처럼 꼬일수록 맛이 나는 거라면, 내 생은 얼마나 더 꼬여야 제대로 살맛이 날 것이냐 고속도로 휴게소에서 이름조차 희한한 '생라면'을 먹으며, 영락없이, 맞다, 생은 라면이다

역공

어? 요놈 봐라

낙지는 접시에 흡반을 박고 필사적으로 버텼다 잘린 다리에서 나오는 저 완강한 근육질의 저항이라니, 나무젓가락이 뚝 부러졌다 가까스로 놈을 다시 집어 들어 참기름 종지에 처박자 대가리도 없는, 놈의 다리가 정확히 내 숙인 낯짝에 기름방울을 튀기는 것이었는데, 누구인가

흐흐 고놈 참 고소하겠다

나비를 보았네

매미가 사람의 집을 부수었다 길을 끊었다 겁 없이 하늘에 삿대질하는 오만한 크레인을 꺾어버렸다 여름내 낮게 엎드려 그 처연한 울음소리 귀 기울여주던 작은 풀꽃들이야 무사하다 늘, 막무가내로 직립보행하는 것들만 또 쓰러져, 엎어져, 더 큰 소리로 울어야 한다 이렇게, 철 지난 매미가 몰고 온 질풍노도 속으로 웬 나비 한 마리 서늘하게 날아간다

눈 오는 날엔

사랑할 수 없는 사람을 사랑하는 일도 아름다워라 저렇듯 하늘이 캄캄하게 무너져 내려 세상을 하얗게 덮는다 한들, 끝내 묻을 수 없는 사람 있어 생가지가 더러 후드득 찢겨져도 제게 오는 무게를 다 받고 서있는 저 나무처럼 아픔도 슬픔도 온전히 감당할 수 있다면 혹은, 그리움에 환장이라도 하여 눈발처럼 맨발로 달려갈 수 있는 사랑이라면, 용서하리라 엎어져 하얗게 묻힌다 해도

사랑하라 사랑하라
지금 세상에 눈 내리고 있네

용서하라 용서하라
지금 그런 사랑 눈 맞으며 서있네

동지를 모처에서 보내다

눈발마저 휘날려 이불깃을 당기는 이 밤에도 어디선가 뜨거운 숨소리 하나 들리는데, 제 가슴에 불씨를 간직하는 아궁이의 불빛이 누워서도 눈에 선하다 이렇게,

또 한 세상을 건너는 지 명징한 바람소리

그런 날

누군가에게 팔짱을 내주고 싶은 날
그리하여 이따금 어깨도 부대끼며
짐짓 휘청대는 걸음이라도
진심으로 놀라하며 곧추세워주기도 하면서
그렇게 발걸음을 맞춰 마냥 걷다가
따뜻한 불빛을 가진 찻집이라도 있다면
손잡이를 함께 열고 들어서서
내 얘기보다 그의 얘기를
더 많이 들어주고 싶은 날

혼자 앞서 성큼성큼 걸어온 날이
누군가에게 문득 미안해지는 날

새해 편지

새 한 마리 날지 않는 미명, 어느 무림고수인가 검을 빼는 순간은 볼 수 없었지만, 이내 하늘과 바다를 정확히 갈라놓은 금, 이마를 서늘하게 스쳐간 바람보다 빨랐으리라 언제 준비한 면천인 듯 홍건히 번지는 빛의, 양수 뚝뚝 흘리며 둥그런 알 하나 쑥 불거져 나오는 것이었는데, 요것이

새해라지요 예쁜 당신에게 보냅니다

■해설

사랑, 존재와 내통하는 길

— 오인태 작품론

고 명 철

(문학평론가, 광운대 교수)

오인태의 시집 「아버지의 집」을 읽으면서 '착하다'라는 말의 참뜻을 되새겨보았다. 어린 시절부터 '착해야 한다'라는 도덕적 규범 속에서, 어쩌면 우리는 '착하다'에 숨어 있는 참뜻을 너무나 쉽게 지나쳐왔는지도 모를 일이다. 아예, '착함'에 맹목화되어, 무슨 일이든지 말 그대로 '착하기만 하면' 되는 것으로 알고 있다. 여기서 오인태 시인은 이렇게 일상 속에서 진부할 대로 진부한 '착함'에 대해 시인 나름대로의 시적 통찰을 보여준다.

풀은
풀끼리 서로 길을 막아서는 법이 없더라

주남저수지에는 가래, 마름, 가시연꽃, 노랑어리연꽃, 물옥잠, 자라풀, 생이가래……, 물의 천장을 덮고 있는 것들이 붕어마름, 물수세미, 검정말, 나사말……, 물속에 잠겨 보이지 않는 것들의 숨통을 선뜻 제 몸 비켜 열어주고 있더라

물 위에 나있는 저

착한 길들

—「착한 길」 전문

주남저수지에는 온갖 수생식물들이 살고 있다. 저수지의 표면과 물 속에서 수생식물들은 나름대로의 삶을 살고 있다. 그런데 수생식물들은 자신의 삶의 길을 고집하되, 서로 다른 수생식물들의 삶의 길을 방해하지 않는다. 무엇보다 저수지의 표면에 살고 있는 식물들은 "물 속에 잠겨 보이지 않는 것들의 숨통을 선뜻 제 몸 비켜 열어주고 있"다. 저수지를 가득 채우고 있는 수생식물들의 삶은 그렇게 서로 조화를 이루며 공존한다. 그러면서 식물들은 서로의 삶의 길을 방해하지 않으며 저수지의 생태에 참여한다. 이것이 바로 시인이 주목하는 "물 위에 나있는 저/착한 길들"의 '착함'의 속성이다. 즉, 조화와 공존의 길로서 착함의 지경에 이르는 것이야말로 주남저수지의 생태를 이루고 있는 '삶의 온전한 길(道)'이다.

오인태 시인의 이러한 시적 통찰은 세상을 제 잘난 맛으로 살고 있는 뭇사람들에게 반성적 성찰의 계기를 제공한다. 아무리 자신이 남보다 뛰어난 역량을 갖고 있다 하더라도, 남들과 조화롭게 살아가는 가운데 상생의 길을 가야하는 것이지, 남의 길을 가로막고, 자신의 길만을 가려고 하는 것은 '착한 길'을 가는 게 결코 아니다. 하여 '착한 길'에 대한 시인의 시적 통찰을 이해할 수 있을 때, "진짜 예쁜 꽃은 저 혼자 뽐내는 것이 아니라 제 사는 세상을 눈부시게 하는 것이더군 아직 새싹 하나 돋지 않은 언덕이 왜 이리 환한지 다가가 가만히 들여다보면 거기 함께 사는 잔디들과 똑 같이 낮고, 작고, 노랗게// 숨어 피어 있는"(「양지꽃」) 양지꽃의 아름다움을 제대로 느껴볼 수 있을 터이다. 이 아름다움은 자신의 몸을 낮추는 가운데 주위의 존재들과 자연스레 어우러지면서 피어나는 아름다움이다.

그런데, 말이 쉽지. 자신의 몸을 낮춘다는 것처럼 어려운 일도 없다. 몸을 낮춤으로써 세상을 향한 오만과 불손의 태도를 버리고, 자신의 생을 경건히 추스르는 것이야말로 낮춤의 진정한 아름다움이다.

저 고춧싹보다도 작은 것이
하늘 가릴 지붕 하나 받들어
제 한 생을 가뿐히 살아가고 있구나

두터운 숲을 뚫는 햇볕도
키 큰 나무의 목덜미를 후려치는 폭우도
저 우주 안을 감히 범접하진 못하리라

얼마나 낮추어 작아지면 내 생도
저처럼 온전히 받쳐 들 수 있으랴

발아래 우산이끼를 우러르다

—「우산이끼를 우러르다」 전문

저 보잘것없는 우산이끼로부터 시인은 삶의 경건성과 엄숙성을 깨닫는다. 기껏해야 제 몸뚱어리 하나만을 지탱하고 있는 아주 작은 지붕하나만을 갖고 있을 뿐인데, 그 보잘것없는 지붕 하나가 우산이끼의 삶을 지켜내고 있다. 우산이끼는 그렇게 우주적 존재의 하나로서 자신의 삶의 비루함을 넘어서고 있는 셈이다. 여기에는 말할 필요 없이 삶의 비루함을 넘어서는 우산이끼의 대지를 향한 뿌리내리기의 생래적 속성을 간과할 수 없다. 작고 보잘것없는 존재일수록 자신의 생을 보존하기 위해 강한 생의 의지를 품는다. 뿌리를 뻗칠 수 있는 곳이면 어디든지 뿌리를 뻗어내린다. 하여 자신의 존재성을 보증받는다.

그렇다면, 이러한 뿌리내리기의 행위에 대한 시적 인식을 살펴볼 수 있는 시를 읽어보자.

떠다니는 것들이 어찌 물의 속을 헤아리랴

그 깊은 밑바닥에 뿌리내린 그대의 생애는
한 순간도 수심을 거스른 적 없다는 걸 알고 있다
때로는 발꿈치 돋워 높게
때로는 무릎 꿇고 낮게 엎드리며

더러 부유하는 것들, 또는 위로만 제 몸을 키우는
것들의 철없는 유혹의 말은 흘려들을 일이었으나
물의 숨소리 한 낱에도 민감했을 그대의 귀는
섬섬히 열려 매운 가시가 되었으리니
…중략…
빗금으로 쏟아지는 햇살에
펄펄 단련되어 물의 숨통마다 분화구 같은
파문을 낼 것 같은 청동악기
그 맑은

그래, 그대 물 하나를 흔드는 득음을 하셨는가

— 「가시연」 부분

수심 위로 떠다니는 것으로만 알고 있는 가시연은, 기실 그 뿌리를 물 밑바닥에 내려있으면서 물의 흐름을 거스르지 않고, 물의 생래와 한데 어울려 가시연의 존재를 드러낸다. 그러면서 가시연은 물의 숨소리 하나라도 흘려버리지 않고, 물의 미세한 결들을 하나라도 지나치지 않고, 물과 한데 어울려 섞인다. 물에 대한 민감함은 가시가 되어, 물의 온갖 자극을 감지해낸다. 하여, 드디어 가시연은 "물 하나를 흔드는 득음"의 지경에 이른다. 물속에 있으면서, 물과의 내통을 통해 물의 속성과 자연스레 어울리더니만, 끝내 물을 공명(共鳴)해내는 지경에 도달한다. 이러한 게 가능한 것은 가시연이 뿌리를 내렸기 때문이다. 뿌리를 내려, 주위의 대상들과 내통하는 과정 속에서 지금까지 갖지 못했던 가시연의 또 다른 존재성을 획득했기 때문이다. 다시 말해 그것은 우주와 내통하는 길(道)을 열었기에 가능하다.

그런데, 우주와 내통하는 길이 그렇게 간단한 사안은 아니다. 우주와 내통하기 위해서는 자신의 삶과 정직하게 맞대면해야 하며, 그러한 대면을 통해 무엇보다 자신의 삶과 내통해야 한다. 자신이 곧 우주이듯, 자신의 삶과 동떨어진 우주와의 내통이 얼마나 허무맹랑한 것인지는 새삼 강조할 필요도 없을 터이다. 이러한 점을 고려해볼 때 이번 시집의 제명을 '아버지의 집'으로 삼은 연유를 생각해볼 수 있다. 시집의 표제작인 「아버지의 집」을 통해 우리는 오인태 시인이 그동안 혹시 소외시켰던 자신의 존재와 대면함으로써 '지금, 이곳'의 시인 자신을 향한 내면의 교류를 통해 자신의 삶과 내통하려는 시적 진정성을 읽을 수 있다.

교대를 졸업하고도 선생이 되지 못한 채
빌붙어 아버지의 청자 담배나 몰래
축내던 때, 나는 단 한 번도 그 집을
우리 집이라 부르지 않았다

마침내
초등학교교사로 정식발령을 받고

이후 아버지도, 집도
까마득히 잊어버렸던 것이었는데,
그 세월 동안 남의 아궁이 앞에서
아버지는 가슴속에 얼마나 많은 집을 짓고
또 태우셨을 것인가
모른다

위로 누나 넷을 낳고 늦게 장남을 본, 그
마흔 나이를 넘어오는 동안
아버지도 가고, 아버지의 집도 재가 되어
하얗게 사라진 줄 알았는데

이렇듯
나는 오래전에 아버지 대신
버젓이 주민등록상의 호주가 되어
새 집에 살고 있는데

도대체 내 가슴에 아궁이처럼 시커멓게 입을 벌리고 있는
이 집은?

— 「아버지의 집」 부분

"목욕탕 보일러공이었"던 아버지가 마련한 집을 시적

화자인 '나'는 우리집으로 인정하지 않는다. 아버지가, 왜, 하필이면, 집을 "남의 집 아궁이에/남은 생애의 집을 지었"는지 도저히 그 이유를 알 수 없다. 이렇게 '나'가 살고 있는 집을, '나'는 '우리집'이 아니라 '아버지의 집'으로만 인식한다. 그러던 '나'는 교사가 되었고, "아버지 대신/버젓이 주민등록상의 호주가 되어/새 집에 살고 있"다. 아버지와 같은 궁상맞은 집이 아니라 새 집에 살고 있다. 그런데 그토록 미워했고 부정하고 싶었던 아버지의 존재를 지워낼 수 없다. 비로소 '나'는 "남의 아궁이 앞에서/아버지는 가슴속에 얼마나 많은 집을 짓고/또 태우셨을 것인가", 하는 아버지의 심정을 조금이라도 헤아려 볼 수 있는 나이를 먹었다. "마흔 나이를 넘어오는 동안" '나'는 과거의 '나'를 부정하였다. 과거의 '나'는 아버지의 삶과 연루되었기에 아버지와 단절된 삶 속에서 '나'를 부정하였던 셈이다. 하지만 이제 '나'는 아버지의 삶과의 단절이 아니라, 아버지의 삶과 내통하려는 고통을 앓는다. 아버지의 삶과의 내통은 곧 그동안 소외시켰던 '나'의 과거와의 내통이므로, '나'는 고통스럽다. '나'의 과거를 대면하지 않고서는 '지금, 이곳'의 '나'의 존재 가치를 '나' 스스로 확보할 수 없으며, '나'의 새 집에서 살 수 없다.

이렇게 '나'와 내통하는 내적 고통을 통할 때 '나'는 타자들과의 내통의 길을 낼 수 있으며, 타자들의 삶의 고통을 위무하고, 그러한 고통을 안겨준 세계를 향한 시적 대응을 할 수 있다. 이라크전쟁이 일어나고, 중동의 사막에서 자행되고 있는 온갖 반인간적 작태에 대한 시인의 분노와 허탈감은 바로 이러한 내적 고통의 과정을 겪으면서, 타자들을 향한 시적 인식이며 시적 실천의 산물이다.

죽이지만 말아다오
절규하는 네 등 뒤엔 낯을 가린
알 수 없는 얼굴들이 버텨 서있었다
그들은 누구인가 살려달라고 애원하는
네 목덜미에 끝내 사막의 바람보다
더 날카로운 비수를 꽂아버린
그들은 도대체 누구인가

—「얼굴 없는 얼굴」 부분

그 긴 목에 개목걸이를 무겁게
늘어뜨린 아랍 사내가 개가 아니라
사람에게 개의 목걸이를 채운
당신들이 개였다 당신들의 등 뒤에서
당신들의 목을 더 견고한 쇠목걸이로
묶어놓고 웃고 있는 당신들의 제국,
당신들은 그 끝을 알 수 없는 사막에
풀어놓은 한 떼의 개일 뿐이다 이미
수많은 린디 잉글랜드 일병이여
그러나 당신들은 알지 못한다

낙타는 사막을 건너도
개는 사막을 건너지 못함을
아부 그라이브 감옥이여
엄연한 당신들의 미래여

—「린디 잉글랜드 일병에게」 부분

「얼굴 없는 얼굴」에서는 김선일 씨의 비통한 죽음을 통해 아랍의 급진 테러리스트의 폭력에 속절없이 목숨을 빼앗긴 데 대한 시인의 허탈과 분노의 감정을 읽을 수 있으며, 「린디 잉글랜드 일병에게」에서는 명분 없는 이라크전쟁을 통해 중동의 패권을 차지하려는 미국의 제국주의적 폭력에 대한 시인의 가차없는 비판이 드러나 있다. 아랍의 급진 테러리스트와 미국 모두 중동의 평화에 암적인 존재들이다. 그들이야말로 중동의 평화를 위협하는 폭력 그 자체라 해도 과언이 아니다. 흔히들 세계의 화약고라고 얘기하는 중동은 오늘도 분쟁이 끊이질 않고 있다. 중동의 패권을 차지하고자 하는 미국의 제국주의적 속성과, 아랍민족주의(혹은 아랍의 자종족중심주의)가 급진성을 갖는 한 중동의 평화는 요원하기만 할 것이다. 사실, 이게 어찌 중동만의 얘기던가. 우리의 경우 분단의 시련은 한반도를 포함한 동북아의 평화에 위협이 되고 있지 않은가. 한반도를 둘러싼 세계 열강의 이해관계 속에서 남과 북은 여전히 대치하고 있으며, 평화의 국면이 모색되는가 싶더니, 다시 갈등과 긴장 국면이 일어나면서 평화가 정착되고 있지 않다.

저 수 억 광년 사이의 별들도 이렇듯 눈짓하여 부르면 한 순간에 지척인데 별보다도 먼 사람의 거리, 손끝 하나 닿지 못하는 이 막막함 속으로 풀벌레들은 왜 저리 목을 놓고 울어대는지

— 「사람의 거리」 부분

분단으로 인한 '사람의 거리'는 "수 억 광년 사이"에 떨어져 있는 우주의 물리적 거리보다 더 멀기만 하다. 이 '사람의 거리'야말로 한반도와 동북아의 평화를 정착시키는 데 큰 걸림돌이다. 남과 북의 '사람의 거리'를 최대한 좁혀, 남과 북이 조화를 이루어 상생의 길을 모색할 수 있을 때 한반도는 물론, 전세계의 평화가 도래할 수 있을 터이다. 이러한 맥락에서, 문득, 「부론의 시」에서 다음과 같은 부분이 떠오른다.

이렇듯 한순간 유순해지며 하나가 되는 이치를 보아하니 막무가내의 관성으로 맞부딪쳐 한사코 밀어내는 것이 아니라 몸을 낮춰 서로의 몸 안으로 기꺼이 들어가는 것이었네 마치 오랜 연인의 정사처럼 익숙하게 두 몸이 섞이는 순간, 어떤 날카로운 긴장이나 동요도 없이 마침내 감쪽같은 강 하나가 산을 안고 태연히 흘러가는 것인데,

— 「부론의 시」 부분

"제각기 흘러오던 물길이 합류하여 한 줄기를 이루는" 곳에서, 우리는 "어떤 날카로운 긴장이나 동요도 없이 마

침내 감쪽같은 강 하나가 산을 안고 태연히 흘러가는" 비의성(秘義性)의 진실을 깨닫는다. 중동과 한반도를 포함하여 세계의 분쟁 지역뿐만 아니라 우리의 일상의 영역 안에서도 대립과 반목을 해결할 수 있는 길은 바로 이와 같은 합수(合水)를 통해서 가능하지 않을까. 그러기 위해서는 막무가내로 서로 이질적인 것들을 섞는 게 아니라, 서로를 배려하고 용서하고 사랑해야 한다. 오인태 시인의 「아버지의 집」을 읽어가면서, 시집의 마지막에 배치한 「눈 오는 날엔」을 나지막이 읊조려본다. 혹, 우리는 사랑을 너무나 태만히 간주하고 있지는 않은가. 아니면, 사랑을 너무나 신비한 것 이상으로 경외시하고 있지는 않은가. 오인태 시인의 저 절절한 사랑의 노래를 들으며, 다시 시집을 들춘다.

사랑할 수 없는 사람을 사랑하는 일도 아름다워라 저렇듯 하늘이 캄캄하게 무너져 내려 세상을 하얗게 덮는다 한들, 끝내 묻을 수 없는 사람 있어 생가지가 더러 후드득 찢겨져도 제게 오는 무게를 다 받고 서있는 저 나무처럼 아픔도 슬픔도 온전히 감당할 수 있다면 혹은, 그리움에 환장이라도 하여 눈발처럼 맨발로 달려갈 수 있는 사랑이라면, 용서하리라 엎어져 하얗게 묻힌다 해도

사랑하라 사랑하라
지금 세상에 눈 내리고 있네

용서하라 용서하라

지금 그런 사랑 눈 맞으며 서있네

―「눈 오는 날엔」 전문

■오인태 시인 약력

1962년 경남 함양에서 태어남.
진주교대·대학원 졸업.
경상대학교대학원 박사과정에서 문학교육 전공.
1991년 『녹두꽃』 3집을 통해 문단활동 시작.
시집 『그곳인들 바람 불지 않겠나』 『혼자 먹는 밥』 『등뒤의 사랑』 펴냄.
현재 진주 도동초등학교 교사로 재직하며 진주교대 등에 출강.
(사)민족문학작가회의 이사·경남지회장
•e 메일— ohit12@hanmail.net
•홈페이지— http://www.sibab.pe.kr